24 février 1881

5

D

CATALOGUE

DES

TABLEAUX

MODERNES

FORMANT LA

COLLECTION D'UN AMATEUR [Edwards]

DONT LA VENTE AURA LIEU

HOTEL DROUOT, SALLES Nos 8 ET 9,

LE JEUDI 24 FÉVRIER 1881

A DEUX HEURES ET DEMIE.

EXPOSITIONS :

PARTICULIÈRE :	PUBLIQUE :
Le Mardi 22 Février 1881.	Le Mercredi 23 Février 1881.

DE UNE HEURE A CINQ HEURES ET DEMIE.

Commissaire-Priseur :	Expert :
Me CHARLES PILLET	M. DURAND-RUEL
10, rue de la Grange-Batelière.	1, rue de la Paix.

Chez lesquels se distribue le Catalogue.

On va donc revoir une fois encore quelques-unes des plus nobles œuvres que ce siècle aura léguées à l'histoire de l'art français. Sorties de l'asile discret qui les avait recueillies, elles vont reparaître à la lumière de l'hôtel Drouot, pour rentrer aussitôt, selon la fortune des enchères, dans la paix des cabinets d'amateurs ou des musées.

Composée par un homme de goût, lentement accrue, depuis quinze ans, d'acquisitions faites pour la plupart aux grandes journées de l'Hôtel des ventes, soumise à l'infaillible épreuve d'une cohabitation prolongée, la collection que nous présentons au public aujourd'hui s'impose à l'attention, non seulement par les noms les plus illustres de l'école moderne, mais encore par des morceaux d'exception dans l'œuvre de nos maîtres.

Le tableau d'Eugène Delacroix, par exemple, *les Convulsionnaires de Tanger*, est universellement connu et admiré. On a épuisé, pour en parler, toutes les formes

CONDITIONS DE LA VENTE

Elle sera faite au comptant.

Les adjudicataires payeront *cinq pour cent* en sus des enchères.

Paris. — Imp. Pillet et Dumoulin, 5, rue des Grands-Augustins.

On va donc revoir une fois encore quelques-unes des plus nobles œuvres que ce siècle aura léguées à l'histoire de l'art français. Sorties de l'asile discret qui les avait recueillies, elles vont reparaître à la lumière de l'hôtel Drouot, pour rentrer aussitôt, selon la fortune des enchères, dans la paix des cabinets d'amateurs ou des musées.

Composée par un homme de goût, lentement accrue, depuis quinze ans, d'acquisitions faites pour la plupart aux grandes journées de l'Hôtel des ventes, soumise à l'infaillible épreuve d'une cohabitation prolongée, la collection que nous présentons au public aujourd'hui s'impose à l'attention, non seulement par les noms les plus illustres de l'école moderne, mais encore par des morceaux d'exception dans l'œuvre de nos maîtres.

Le tableau d'Eugène Delacroix, par exemple, *les Convulsionnaires de Tanger*, est universellement connu et admiré. On a épuisé, pour en parler, toutes les formes de l'éloge; mais nul n'en a donné une idée plus exacte que Théophile Gautier. Il faut rapprocher de l'œuvre du peintre la page qu'elle inspirait, en 1870, au grand écrivain.

« Parmi le riche écrin oriental de Delacroix, le tableau des *Convulsionnistes de Tanger* est un des plus précieux joyaux. Les convulsionnistes de Tanger appartiennent à la secte des *aïssaouas*, ou frères d'Aïssa, si répandue dans l'Algérie, le Maroc, et le littoral méditerranéen de l'Afrique. Ces frères, par la prière, le balancement prolongé du haut du corps, le rythme de plus en plus pressé des tarboukas, l'odeur des parfums auxquels est peut-être mêlé le haschich, arrivent à un état d'extase ou d'hallucination qui leur permet de se rouler sur des braises ardentes, de manger des scorpions, des serpents ou des feuilles de cactus, de lécher des fers rouges, mettre sous leurs pieds des tranchants de sabre, sans paraître en éprouver de dommage. Ici, après s'être *enchaînés* dans la cour de quelque maison, les convulsionnistes parcourent une rue de Tanger, hurlant, gesticulant, faisant des contorsions de démoniaques, le feu dans les yeux, l'écume à la bouche, les cheveux hérissés, les vêtements en désordre, excitant à la fois la terreur et l'admiration. La foule s'entr'ouvre respectueusement devant eux. Les cavaliers qui les suivent enferment le cortège, agitent les étendards verts, couleur chère au Prophète, et, du haut des terrasses blanches qui se découpent sur le bleu du ciel, les femmes voilées se penchent vers la rue et applaudissent les *aïssaouas*, avec ce cri strident qui fait parfois tressaillir, comme une hululation d'oiseau nocturne, le voyageur qui n'est pas habitué encore aux mœurs de l'Orient. Cette toile cause à l'œil l'éblouissement tranquille du soleil d'Afrique, et cette gaieté de couleur sur cette scène horrible forme un de ces contrastes si fréquents dans la nature, indifférente aux agitations et aux folies humaines. »

C'est de son voyage au Maroc, qui data d'une façon si heureuse dans son art, et lui inspira de si constants chefs-d'œuvre, que Eugène Delacroix rapporta le tableau des *Convulsionnaires*, et aussi, parmi tant d'autres motifs, de types et de sites, les *Chevaux sortant de l'abreuvoir*, les flancs lustrés par le bain matinal, et bondissant d'un joyeux élan sur la rive avec leur escorte de grands lévriers. Il est permis de supposer que c'est également pendant la traversée de la Méditerranée que l'artiste aura conçu la vision de la *Barque de don Juan* et de son entassement de désespérés, roulés par le flot dans l'ombre du crépuscule, où le soleil s'éteint sinistre et rouge à l'horizon livide.

Avec Delacroix, Théodore Rousseau, Jules Dupré, Corot, Decamps, Bonington, Millet, sont l'honneur de ce musée romantique.

De Rousseau, il n'y a que trois tableaux, trois chefs-d'œuvre dont la valeur n'a fait et ne fera que grandir avec le temps. Le *Dormoir du Bas-Bréau*, qui est de la même date et du même format que le *Givre*, si célèbre, et l'*Automne au Jean de Paris*, de la première vente Laurent Richard (1873), sont renommés entre tous. Jamais le grand artiste n'a traduit avec plus de puissance, dans l'un, la calme profondeur de la forêt, la fraîcheur hospitalière des grands abris offerts aux animaux domestiques, le feuillage impénétrable aux flèches ardentes du soleil des canicules; dans l'autre, la somptueuse coloration dont l'automne revêt la nature, les ors du ciel dans le lacis des branchages rouillés, les bruns roux des dernières feuilles, le velours des mousses sur le gris rugueux des rochers, le vert sombre des terrains, le miroir luisant des ruisseaux.

Mais l'œuvre capitale par les dimensions, et plus encore par le caractère de la composition, est assurément la *Forêt d'hiver*, qui demeura dans l'atelier du maître jusqu'à sa mort. Quelle demeure princière, quel musée se glorifiera désormais de posséder cette page unique où le génie de Théodore Rousseau a grandi le paysage jusqu'aux proportions de l'histoire? On ne prétend pas parler seulement de la mesure métrique du tableau, on insiste sur la grandeur imposante de l'idée. Et que l'on ne nous accuse pas de chercher ainsi quelque mérite étranger au mérite propre de la peinture. N'est-ce pas un paysagiste, un maître lui aussi, un ami de Th. Rousseau, M. Jules Dupré, qui a dit que « toute œuvre d'art doit partir des sens pour arriver à l'idée, comme un arbre qui a sa racine en pleine terre, mais sa cime en plein ciel[1]. » L'idée, c'est le spectacle grandiose de l'éternelle et mystérieuse forêt, permanente dans le temps, la même aujourd'hui qu'aux âges héroïques, inspirant à l'homme une terreur sacrée. La peinture est violente et sombre. Les chênes séculaires tordus parmi les roches, blessés sous les coups des tempêtes, découpent leur masse imposante sur la pourpre du couchant gonflé d'orage, gros de sinistres menaces, et renversent leurs silhouettes dans l'eau noire des étangs. La nature, ici, est l'ennemie de l'homme.

Quel contraste avec la paix du *Dormoir* que nous avons vu tout à l'heure! Et quel contraste aussi dans la facture, si mesurée en ses audaces dans le *Dormoir*, si fougueuse, violente et farouche dans la *Forêt d'hiver*. Théodore Rousseau réservait souvent de ces surprises à ceux qui le suivaient dans le développement constant de son talent. Il avait de ces transformations subites dont la soudaineté au premier abord déroutait. Dix fois, cent fois, il a repris les mêmes motifs, et, comme un poète qui varie les rimes et les rythmes, il a varié ses procédés sans relâche comme sans fatigue, pour aller du bien au mieux, et du mieux au parfait. Il avait dans cet ordre l'ambition insatiable et sans cesse renouvelée par la sensibilité toujours nouvelle de ses émotions en face de la nature. Il allait, en vertu de sa con-

1. M. Jules Dupré, *par un critique d'art*. Paris, Librairie illustrée, 1879 Ce critique d'art anonyme est, pensons-nous, M. Jules Claretie.

ception personnelle et actuelle des choses, et s'inquiétait fort peu de l'effet que son œuvre produirait sur le public. Combien il avait raison ; mais comme il faut être fort pour avoir raison de la sorte et si longtemps contre tous ! A ces maîtres pourtant, la bonne part est acquise. Ils ont pour eux la durée, le temps qui les venge, l'éternelle admiration de la postérité.

Sans sortir d'un même champ du même domaine, voici, artiste contre artiste, paysagiste contre paysagiste, M. Jules Dupré auprès de Théodore Rousseau, Dupré resté fidèle à sa belle furie d'empâtements où il fixe la lumière, quand Rousseau, vers la fin, de plus en plus dissimulait l'ostentation des procédés. Et tous les deux, ils sont dans la légitimité de leur art, si ingrat, si rude à qui sait peu, si souple, si complaisant, si docile sous la main de ceux qui ont dompté le monstre. Tous les deux, ils témoignent d'une égale horreur pour ce qui est banal et de facile abord. Même dans les motifs les plus simples, Dupré, comme Rousseau, voit toujours la nature grandement.

Aussi, quel joyau précieux que le petit *Automne*. Un cours d'eau s'y faufile à l'ombre d'un bouquet d'arbres dont le feuillage, coloré puissamment à l'arrière-saison, se détache sur le ciel nuageux et parmi l'intense verdure des prés. Un troupeau, un pâtre ajoutent le sentiment de l'activité de l'homme à ce motif d'une absolue simplicité. Le motif n'est rien, en effet ;

il n'est rien non plus dans la *Vue des Pyrénées*, et pourtant il prend une valeur considérable, grâce à la magie de l'exécution. La *Forêt*, d'une recherche plus imposante. nous conduit au grand *Pacage du Limousin*, un des premiers chefs-d'œuvre du maître. Ici, le motif a une importance qui assurerait au tableau une grande place dans l'histoire de l'art, quand bien même on ne tiendrait pas compte du prestige de la coloration. L'ordonnance en est superbe. Les plans s'y succèdent dans la majestueuse perspective d'une lisière de forêt dont les cimes, dorées par l'automne, plongent dans l'azur profond du ciel vibrant et chaud. En ce concert de couleurs, les robes rousses des vaches laitières jettent leurs notes joyeuses au bord d'un petit cours d'eau traînant ses eaux froides et paresseuses dans la sombre verdure des roseaux touffus. Jules Dupré n'a mis en aucun de ses tableaux plus d'art ni plus de vie, de lumière et de puissance.

Quant aux marines de la collection qui nous occupe, je n'en connais point dans l'œuvre du maître qui soient d'un intérêt plus saisissant que les *Barques de pêche*. M. Jules Claretie nous en a dit l'origine. Elle remonte au siège de Paris. « Enfermé pendant dix mois dans sa maison de Cayeux-sur-Mer, Dupré n'avait devant lui que l'immensité des vagues. Il la traduisit sur la toile, et, dans la mélancolie puissante de ses tableaux, où, sous des ciels sans merci, de misérables barques sont comme cahotées par la mort, on retrouve l'état même de l'âme du peintre qui faisait passer toutes les douleurs de l'humanité dans son tableau. » Il n'est rien de plus émouvant, en effet, de même qu'au point de vue purement pictural, je ne sais rien de plus merveilleux que l'intense lumière de la grande marine.

Il me reste à parler d'un dernier tableau de Jules Dupré, le dernier ici, mais par sa date le plus ancien, antérieur à 1830, un de ceux probablement qu'il vendait alors avec peine, pour la somme de 40 à 80 francs, à Mme Hulin ou à Susse. « Il existe de lui, dit M. J. Claretie, dans sa très précieuse biographie du maître, son ami et son parent, un tableau sur châssis représentant le *Port Saint-Nicolas*, tout peuplé de voitures, de marchandises, de paysans débarquant des légumes, de charrettes, de chevaux et même de poules. Le Pont-Royal apparaît. A droite, se montrent les arbres du jardin des bains Vigier, des peupliers et des ormes. Effet gris, gai, grouillant, de très jolies touches sur les voitures, une grande habileté de main. » Cette curieuse composition, dans l'esprit de Demarne et de Leprince, confirme ce que le biographe de Dupré nous avait appris déjà, c'est-à-dire qu'il lui fallait « garnir » ses paysages de figures importantes pour leur donner le droit de s'appeler *tableaux de genre* et les vendre.

Toutes les grandes dates de la carrière de M. Jules

Dupré sont donc représentées ici par des morceaux de premier ordre, comme la grande *Marine* et le *Pacage*, ou d'une valeur historique notoire comme le *Port Saint-Nicolas.*

Et puis voici Corot, avec trois paysages très doux, et choisis dans le sens intime, agreste, tout français de son œuvre, et quatre figures, les plus parfaites à coup sûr qui soient sorties de sa main. L'*Eurydice* et la *Baigneuse* sont des merveilles de vérité dans le rendu de la chair en plein air. Eckermann rapporte que Gœthe, un jour, pria l'un de ses amis de se dévêtir et de marcher nu devant lui dans la campagne. Le poète voulait avoir une fois la vision d'un spectacle familier à l'antiquité païenne. Les tableaux de Corot l'eussent dispensé de tenter cette épreuve fort peu concluante sous le climat et avec les mœurs du Nord. L'admirable paysagiste se montre en ces quatre tableaux un coloriste de la chair, tel que pas un ne l'a dépassé. La *Juive d'Alger*, en son costume rouge, vert et or, d'une éclatante somptuosité, prouve bien que si le grand artiste a témoigné d'une prédilection à peu près constante pour les harmonies du gris, si extraordinairement variées sur sa palette, c'était chez lui, non pas impuissance, mais le parti pris d'une esthétique absolument savante, une élimination résolue, très habilement calculée, de ce qui, dans son art, n'eût rien ajouté à la toute-puissance du charme et de l'émotion. On le retrouve, ce parti pris, on la reconnaît, cette science, dans le tableau intitulé l'*Atelier*, qui évoque le souvenir de Velazquez.

De Millet, il n'y a que deux tableaux, un portrait, de sa jeunesse, fait à Cherbourg, d'une belle couleur, d'une facture déjà puissante et remarquable par la justesse de l'observation. C'est bien là le coq de petite ville, le jeune beau gars normand qui s'endimanche pour se faire peindre. L'autre Millet est un de ses chefs-d'œuvre, la *Gardeuse d'oies*. Nul Millet, — je pense à ses tableaux les plus renommés — n'atteint à l'exceptionnelle puissance de ton et de coloration de ce morceau unique.

Le nom de Troyon ne paraît dans la collection que pour une étude de *Saules* qu'il avait conservée, car elle provient de la vente de son atelier; celui de Decamps pour une étude de forêt d'hiver d'un aspect tragique ; celui de Marilhat pour un beau paysage d'Auvergne, et celui de Bonington, pour deux tableaux dont l'un, l'*Entrée de village*, très frais, très souple, vient de la vente Pelouze ; l'autre donne une très lumineuse impression de perspective aérienne à travers un immense espace.

D'autres noms, parmi ceux qui ont illustré la première moitié du XIXe siècle figurent dans ce catalogue : Prudhon, Ingres, Ary Scheffer, Paul Delaroche, qui préludait par cette grande et touchante figure du *Christ au mont des Oliviers*, aux petites scènes de la Passion de la fin de sa vie.

Auprès des maîtres consacrés, notre jeune école s'était fait une belle place dans la collection. Par une de ces heureuses rencontres, qui n'arrivent qu'aux hommes d'un goût éprouvé, la plupart des tableaux ainsi recueillis à l'ouverture des Salons annuels, sont précisément ceux qui ont valu aux peintres leurs plus précieuses récompenses. Tels sont notamment les deux tableaux de Louis Mouchot, pour lesquels il obtint ses deux premières médailles, 1865 et 1867; celui de M. Huguet, médaillé en 1873; le *Verger*, de Mlle Marie Collart, médaillée en 1870; le tableau de M. Bonvin, décoré en 1870, pour cet admirable intérieur du couvent de l'*Ave Maria*.

Le *Philosophe* de M. Ribot est de la même date que son *Jésus enfant au milieu des docteurs*. L'*Enfant à l'épée*, de M. Manet, a concilié les suffrages mêmes de ses adversaires. A juste titre, on considère la *Station d'omnibus* de Jules Héreau, comme son meilleur tableau.

Le *Chemin du marché*, de M. Feyen-Perrin, est une des plus gracieuses compositions du peintre des Cancalaises. La *Marée basse*, de Courbet, est classée dans son œuvre au premier rang de ses marines. Quant à M. Jongkind, l'incomparable peintre des canaux et des villes de Hollande, six tableaux suffisent à peine à présenter toutes les faces de son talent.

Et ceci nous ramène au paysage, et au véritable créateur du paysage moderne, à Georges Michel, dont les cinq tableaux, expliquent bien l'admiration passionnée que les grands amateurs et les peintres lui ont vouée.

« Je lirai avec un vif intérêt votre livre sur Michel, écrivait, en 1873, M. Jules Dupré à Alfred Sensier. Si Jean-Jacques est le premier des littérateurs modernes qui ait mis du vert dans ses livres, Michel est le premier des paysagistes français qui ait pris le chemin de la campagne pour faire ses tableaux. Aussi éveille-t-il dans notre esprit le chant de l'alouette, en nous montrant presque toujours de vastes plaines si capricieusement éclairées par ses effets de nuages. Ce maître a la note champêtre dans la grande acception du mot, et une poétique si bien à lui, que l'on reconnaît ses toiles à première vue. Comme il a été complètement méconnu, vous avez fait une bonne action en vous occupant de lui, et en lui donnant la place qui lui est si légitimement due. »

Georges Michel, — dont feu Alfred Sensier, cet éminent connaisseur, cet enthousiaste, a écrit la vie et qu'il plaçait si haut, — était un artiste d'un génie très personnel, qui a vécu de longues années et beaucoup produit sans que le public des expositions d'alors daignât le remarquer.

Il fut un précurseur et eut le sort des précurseurs. Il ne fut même pas méconnu — ce qui peut être une sorte d'illustration, — il demeura inconnu.

C'était un bonhomme étrange, d'humeur indépendante et aventureuse, repoussant tous les jougs, n'acceptant d'autre guide que l'inspiration de l'heure et du jour.

Michel eut l'extrême audace, de 1780 à 1840, en ce long d'espace d'années où le paysage français se croyait tenu d'être noble, anecdotique et moral, ce pauvre diable de Michel, au temps des Bidault, des Bertin, des Michallon, des Watelet, eut l'aplomb formidable de faire de l'humble paysage nature. Et cela bien avant Constable et Paul Huet, et Théodore Rousseau, et Corot, et Jules Dupré.

Il eut, ce Michel, de bien autres témérités.

Ne s'avisa-t-il pas, ce faubourien, de dédaigner, mais complètement, absolument, les sites composés « pour le plaisir des yeux » et de borner ses études à la banlieue de Paris.

Un ciel immense sur un horizon plat ; dans ce ciel, toutes les magies de la lumière tourmentée par les grands mouvements de nuées que le vent chasse à travers l'atmosphère ; quelque chemin glaiseux, labouré d'ornières profondes, de maigres arbres, quelque moulin, quelque bicoque : voilà qui suffisait à éveiller le génie de ce peintre.

Sa campagne romaine, c'est la plaine Saint-Denis ; sa colline sacrée, c'est la butte Montmartre, ses temples, ce sont les moulins aux configurations bizarres qui de là-haut dominent Paris.

Aujourd'hui, il n'est point de collectionneur ami de la peinture forte et puissante interprétant la nature avec sincérité, qui ne comprenne les viriles beautés de l'œuvre de Michel, et les grands musées, Paris, New-York, ont enfin oûvert leurs portes à celui qu'on a nommé le « Ruysdael de Montmartre. »

Les tableaux de Michel réunis ici donnent la mesure la plus parfaite, la plus caractéristique de son œuvre. On y voit même ce solitaire, ce Timon, s'humaniser et demander à un aimable petit peintre de genre, à Demarne d'animer un de ses plus âpres paysages et d'y introduire une jolie paysannerie.

C'est le mois prochain que cette collection sera dispersée. Elle laissera un beau souvenir dans la mémoire des amateurs.

ERNEST CHESNEAU.

Janvier 1881.

DÉSIGNATION

BONINGTON

1 — *Entrée de village.*

Un chemin creux s'enfonce sous le couvert d'un paysage boisé aux colorations d'un vert puissant.

Vente Pelouze.

Cuivre. Haut., 28 cent.; larg., 23 cent.

BONINGTON

2 — *L'Espace. — Paysage.*

De grands mouvements de terrain, accidentés de collines et de vallons boisés, s'étagent par une longue et magnifique succession de plans lumineux jusqu'aux montagnes de l'horizon.

Cuivre. Haut., 33 cent.; larg., 55 cent.

BONVIN

(FRANÇOIS)

3 — *L'Ave-Maria, intérieur du couvent d'Aramont.*

Dans la perspective d'une large arcade on aperçoit une allée du cloître en pleine lumière où se promènent des religieuses dans une attitude recueillie.

Au premier plan à gauche, dans l'ombre d'une voûte, d'autres recluses forment un groupe au pied d'un escalier.

Un des tableaux les plus importants et les plus remarquables du maître.

Salon de 1870.

Toile. Haut., 80 cent. larg., 1 m.

COLLARD
(MARIE)

4 — *Le Verger.*

Effet d'hiver. On aperçoit les bâtiments d'une ferme à travers les arbres dépouillés d'un clos où paissent des chevaux en liberté.

Salon de 1870.

Toile. Haut., 1 m. 20; larg., 1 m.

COLLARD
(MARIE)

5 — *L'Automne.*

Une fermière debout au bord d'une chaumière donne la provende à de petits cochons roses.

Toile. Haut., 73 cent.; larg., 61 cent.

COLLARD
(MARIE)

6 — *L'Hiver.*

Dans un coin de ferme dont les arbres nus se découpent en treillis bizarre sur le ciel gris, on aperçoit la lueur rouge d'un four à cuire le pain.

Toile. Haut., 73 cent.; larg., 61 cent.

COROT

7 — *Jeune baigneuse.*

La fillette, après le bain, est couchée sur la rive fleurie d'un étang bordé à l'horizon par une colline dont la ligne oblique est coupée à gauche par un bouquet d'arbres, à droite par des silhouettes de ruines.

Admirable impression de lumière matinale.

Toile. Haut., 39 cent ; larg., 60 cent.

COROT

8 — *Eurydice.*

La femme du poète Orphée, assise sur un tertre dans un paysage virgilien, a été mordue au talon droit par un serpent. Une jambe croisée sur l'autre, elle contemple sa blessure.

Œuvre d'une harmonie exquise. La figure est charmante.

Toile. Haut., 55 cent.; larg., 40 cent.

COROT

9 — *Juive d'Alger.*

La jeune femme est assise de face, accoudée du bras gauche sur un genou, et vêtue d'un costume vert et rouge, brodé d'or.

Peinture d'un ton puissant et d'une coloration somptueuse.

Toile. Haut., 46 cent.; larg., 38 cent.

COROT

10 — *L'Atelier.*

Une jeune femme est assise de profil devant un tableau posé sur un chevalet. La tête tournée à droite, elle paraît songer à la lecture qu'elle vient d'interrompre. Dans le fond, une table avec quelques menus objets et des fleurs dans un vase. Deux toiles peintes sont accrochées au mur.

Toile. Haut., 60 cent.; larg., 45 cent.

COROT

11 — *Le Canal. — Environs de Saint-Omer.*

Les eaux coulent lentement avec des reflets de ciel entre les deux rives chargées de maisons rustiques, à l'ombre de grands arbres.

Au premier plan, une barque.

Toile. Haut., 45 cent.; larg., 65 cent.

COROT

12 — *La Prairie. — Environs de Saintes.*

Dans un cirque de collines où s'étagent des architectures, la prairie s'étend toute verdoyante au premier plan. Deux figures de femmes mettent une note claire et vive dans la tranquille harmonie de ce beau paysage.

Toile. Haut., 25 cent.; larg., 39 cent.

COROT

13 — *Le Tréport.*

D'immenses troncs d'arbres équarris sont empilés sur le quai du port. Des figures circulent çà et là. On aperçoit dans le fond, en silhouette sur le ciel, des maisons et de grandes barques avec leur mâture.

Toile. Haut., 27 cent.; larg., 40 cent.

COURBET

14 — *Marée basse.*

C'est le soir. La mer s'étend calme, dans les premières froideurs voisines du crépuscule, jusqu'à l'horizon barré par un banc de vapeurs lilas au-dessus desquelles apparaissent de grandes nuées d'or.

Toile. Haut., 45 cent.; larg., 60 cent.

DECAMPS

15 — *Les Bûcheronnes.*

Elles s'avancent accablées sous le poids des fagots, dans la forêt dépouillée dont les longs fûts se détachent en vigueur sur les dernières clartés du ciel au couchant.

Toile. Haut., 1 m. 18; larg., 90 cent.

DELACROIX

(EUGÈNE)

16 — *Les Convulsionnaires de Tanger.*

Ces fanatiques portent le nom d'Yssaouïs, de celui de Ben-Issa, leur fondateur. A de certaines époques, ils se réunissent hors des villes, et, s'animant par la prière et par des cris frénétiques, ils entrent dans une véritable ivresse, et répandus ensuite dans les rues, ils se livrent à mille contorsions et souvent à des actes dangereux. (Extrait du livret de l'Exposition universelle de 1855).

Salon de 1838.

Exposition universelle de 1855.

Collection du marquis du Lau.

Toile. Haut., 96 cent.; larg., 1 m. 29.

DELACROIX

(EUGÈNE)

17 — *Chevaux sortant de l'abreuvoir.*

Deux chevaux conduits par un Arabe et escortés par de grands lévriers sortent de l'eau et remontent sur la rive qui s'élève en pente vers un amphithéâtre de collines. On aperçoit deux autres cavaliers à droite dans un pli de terrain.

« S'ils semblent bondir sur la toile, c'est que le pinceau les y a jetés d'un élan. »

(Paul de SAINT-VICTOR).

Théophile Gautier les dit « pareils aux chevaux de bronze d'un char antique ».

Toile. Haut., 46 cent.; larg., 56 cent.

DELACROIX

(EUGÈNE)

18 — *La Barque de don Juan.*

Superbe esquisse du tableau exposé au salon de 1841.

« La *Barque de don Juan*, a dit Théophile Gautier, fait d'Eugène Delacroix le premier peintre de marine du monde. »

Vente posthume du maître.

Toile. Haut., 81 cent.; larg., 1 m.

DELAROCHE

(PAUL)

19 — *Le Christ au jardin des Oliviers.*

Œuvre importante et d'un beau sentiment religieux. Le Christ vêtu de rouge, la tête nimbée, est agenouillé; sa tête fléchit sous le poids des heures prochaines dont l'horreur lui est révélée. De ses mains allongées il fait le geste consacré par lequel il veut écarter le calice entrevu.

Toile. Haut., 1 m. 75; larg., 1 m. 25.

DUPRE

(JULES)

20 — *Grand pacage du Limousin.*

Sur la lisière clairsemée d'une forêt majestueuse, parmi de grands mouvements de terrain et de roches à fleur du sol, circule une rivière bordée de grands roseaux. Un troupeau, sous la garde d'un petit vacher assis dans l'ombre des premiers plans, anime la composition. Dans le ciel d'été, d'un bleu intense, flottent de légères nuées que dore le soleil déclinant de l'après-midi.

Tableau d'une facture puissante, savante, très étudiée, des plus imposants, capital dans l'œuvre du maître.

Peint de 1835 à 1845.

Collection Faure.

Signé à droite : Jules Dupré.

Toile. Haut., 99 cent.; larg., 1 m. 34.

DUPRÉ

(JULES)

21 — *Le Port Saint-Nicolas.*

Cette œuvre de la jeunesse du maitre, probablement antérieure à 1830, est exécutée avec une conscience et une recherche du détail anecdotique qui rappelle à la fois Bonington, Demarne, et Leprince. Des charrettes sont rangées sur la berge et vont tout à l'heure emporter les mille objets de toute sorte qu'on vient de débarquer d'un bateau amarré au quai, et que gardent et regardent de petits personnages traités d'une façon spirituelle. A gauche : le Pont-Royal; à droite : les peupliers et les ormes des bains Vigier occupent le fond de la composition.

« Effet gris, gai, grouillant, de très jolies touches sur les voitures, une grande habileté de main. » *Les hommes du jour :* M. Jules Dupré, *par un critique d'art.*

Signé à droite : Jules Dupré.

Toile. Haut., 36 cent.; larg., 45 cent.

DUPRÉ

(JULES)

22 — *Les Pyrénées.*

La ligne accidentée des Pyrénées ferme à l'horizon, sous le ciel nuageux et lumineux, la composition en profondeur dont les premiers plans, variés par des mouvements de terrain, sont occupés par un troupeau paissant auprès d'une large mare qui reflète la lumière du ciel.

Toile. Haut., 24 cent.; larg., 35 cent.

DUPRÉ

(JULES)

23 — *L'Automne.*

De grandes prairies s'étendent à droite et à gauche d'un cours d'eau courant au pied d'un bouquet d'arbres qui occupe le centre de la composition. A droite, un troupeau de moutons sous la garde d'un berger. Ciel d'automne.

Toile. Haut., 32 cent.; larg., 40 cent.

DUPRÉ

(JULES)

24 — *La Forêt.*

Effet d'automne. Une figure de paysan anime la grande et sévère ordonnance de la composition.

Toile. Haut., 1 m. 74; larg., 1 m. 40.

DUPRÉ

(JULES)

25 — *Barques de pêche.*

Sous un ciel d'été nuageux, la mer à longs plis soulève une barque de pêche dont les voiles sont déployées. Deux autres voiles rompent la ligne de l'horizon.

Une des plus belles marines du maître.

Toile. Haut., 70 cent.; larg., 80 cent.

DUPRÉ

(JULES)

26 — *Marine.*

Motif semblable à celui du tableau précédent.

Toile. Haut., 30 cent.; larg., 41 cent.

FEYEN-PERRIN

27 — *Le Chemin du marche.*

Trois jeunes paysannes s'avancent dans le brouillard vers le spectateur. Elles sont montées sur des ânes.

Salon de 1873.

Toile. Haut., 1 m. 20 cent.; larg., 75 cent.

HUGUET

28 — *Porte de la mosquée de Bou-Médine.* — *Algérie.*

Toile capitale de l'artiste.

Salon de 1873.

Exposition Universelle 1878

Toile. Haut. 1 m. 40; larg., 1 m. 15.

HÉREAU

(JULES)

29 — *Station d'omnibus.*

Vue des Batignolles par un temps de neige; effet du soir.

Salon de 1872.

Toile. Haut., 85 cent.; larg., 80 cent.

HUMBERT

(FERDINAND)

30 — *Le Repos.*

Figure de reître.

Toile. Haut., 47 cent.; larg., 38 cent.

INGRES

31 — *Angélique.*

Réplique de la figure d'Angélique du tableau du Luxembourg.

Toile. Haut., 90 cent.; larg., 75 cent.

JONGKIND

32 — *L'Escaut.*

Le fleuve est chargé de navires. On aperçoit à gauche les hauts clochers d'une ville flamande.

Œuvre d'une qualité de lumière admirable.

Toile. Haut., 52 cent.; larg., 81 cent.

JONGKIND

33 — *Marine.*

Daté de 1863.

Toile. Haut., 33 cent.; larg., 42 cent.

JONGKIND

34 — *Les Patineurs.*

Daté de 1868.

Toile. Haut., 32 cent.; larg., 53 cent.

JONGKIND

35 — *Habitation hollandaise.*

Daté de 1862.

Toile. Haut., 42 cent.; larg., 56 cent.

JONGKIND

36 — *Canal en Hollande.*

Vue de ville, voiles. Ciel nuageux.

Toile. Haut., 35 cent.; larg., 46 cent.

JONGKIND

37 — *Canal en Hollande.*

Effet de lune.
Daté de 1870.

Toile. Haut., 33 cent.; larg., 43 cent.

LÉVY
(HENRY)

38 — *La Sieste.*

Figure d'homme en costume oriental.

Toile. Haut., 56 cent.; larg., 46 cent.

MANET

(ÉDOUARD)

39 — *L'Enfant à l'épée.*

Une des œuvres de l'artiste les plus justement admirées.

Daté de 1861.

Toile. Haut., 1 m. 30; larg., 9[illegible] cent.

MARILHAT

40 — *Vue d'Auvergne.*

Effet d'automne.

Toile. Haut., 36 cent.; larg., 45 cent.

MICHEL

(GEORGES)

41 — *Le Four à plâtre.*

Un chemin contourne un terrain éboulé comme ceux de Huysmans. Au point culminant, des ormes penchés à la façon de Rüysdaël, des palissades, des broussailles. A droite, groupe d'arbres dans l'ombre. Sur le second plan un four à chaux en feu. Fonds de blés profonds. Ciel pluvieux ; nuages en mouvement bien dessinés. Sur le chemin, une charrette dans laquelle un garçon joue avec une femme. En avant, deux femmes portant du linge ; vaches, chiens, chèvres ; figures par Demarne.

Signé : G. MICHEL.

N° 4 de l'étude de A. Sensier.

Toile. Haut., 55 cent. ; larg., 81 cent.

MICHEL

(GEORGES)

42 — *Troncs d'arbres.*

L'un est coupé et gît à terre ; l'autre est penché, sans feuilles; plus loin, la forêt. Ciel gris blanc.

N° 89 de l'étude de A. Sensier.

Toile. Haut., 62 cent. ; larg., 49 cent.

MICHEL

(GEORGES)

43 — *Trois moulins.*

Sur une éminence sombre, entourée de palissades, maisons et broussailles. Au fond, coup de soleil blanc et clocher. Ciel blanc à gauche empâté; à droite, effet d'orage. Exécution effrénée.

N° 105 de l'étude de A. Sensier.

Toile. Haut., 50 cent.; larg., 69 cent.

MICHEL

(GEORGES)

44 — *Lisière de bois.*

Un chemin pénétrant dans la lisière du bois et un moulin, à gauche. Une grande étendue de plaines, en lumière, conduit aux collines bleuâtres de l'horizon. Ciel orageux.

Toile. Haut., 58 cent.; larg., 70 cent.

MICHEL

(GEORGES)

45 — *Etang.*

A gauche, une chaumière et de grands arbres roux se reflètent dans un étang qui occupe tout le premier plan. Terrains coupés de lignes boisées. Ciel blanc à gauche ; à droite, nuées d'orage.

Toile. Haut., 49 cent.; larg., 65 cent.

MILLET

(JEAN-FRANÇOIS)

46 — *La Gardeuse d'oies.*

Un admirable coin de nature surpris par le regard et fixé par la main d'un grand artiste qui est ici un grand coloriste, tel est ce tableau classé, par le sentiment superbe de la réalité et la magie de l'exécution, parmi les plus belles œuvres de Millet.

Salon de 1867.

Collection Laroche B.

Toile. Haut., 65 cent.; larg., 81 cent.

MILLET

(JEAN-FRANÇOIS)

47 — *Portrait de jeune homme.*

Un des portraits assez nombreux que Millet exécuta en Normandie quand il eut reçu les leçons du peintre Mouchel de Cherbourg.

Toile. Haut., 1 m.; larg., 83 cent.

MOUCHOT

(LOUIS)

48 — *Un Montreur de singes au Caire.*

Salon de 1868.
Exposition universelle de 1878.

Toile. Haut., 1 m. 30; larg., 95 cent.

MOUCHOT

(LOUIS)

49 — *Un Carrefour au Caire.*

Salon de 1865.

Toile. Haut., 1 m. 30 cent.; larg., 98 cent.

PRUDHON

(PIERRE)

50 — *La Paix.*

L'Empereur Napoléon Ier, au milieu de la Victoire et de la Paix, est suivi des Muses, des Arts et des Sciences; son char est précédé des Jeux et des Ris. (Notice du Salon de l'an IX.)

Toile. Haut., 90 cent.; larg., 1 m. 20.

RIBOT

(THÉODULE)

51 — *Philosophe lisant.*

Le vieillard est assis méditant sur le texte d'un in-folio. Sur une table placée auprès de lui sont déposés d'autres volumes et un encrier dans lequel trempe une plume d'oie aux larges barbes.

Cette belle et forte peinture date de 1865, à l'époque où l'artiste préparait son tableau de *Jésus au milieu des docteurs.*

Toile. Haut., 1 m.; larg., 80 cent.

ROUSSEAU

(THÉODORE

52 — *Forêt d'hiver.*

Effet de soleil couchant en hiver.

Cette composition est assurément la plus importante de toutes celles qui portent le grand nom de Th. Rousseau. Elle est tout à fait exceptionnelle autant par les dimensions, qui sont considérables, que par le grand caractère de l'œuvre.

Vente posthume du maître.

Toile. Haut., 1 m. 65; larg., 2 m. 60.

ROUSSEAU

(THÉODORE)

53 — *Le Vieux Dormoir du Bas-Bréau.*
(Forêt de Fontainebleau.)

Dans un terrain de bas-fond, très gras, plein de hautes herbes et coupé de petites mares, des vaches de toutes robes sont couchées, paissent ou clapotent dans l'eau, à l'ombre de grands arbres qui commencent à jaunir par places.

La futaie, haute et profonde sur les deux côtés, s'éclaircit au centre, et, vers le haut du tableau les silhouettes des branchages se découpent très nettement sur le ciel. Des lumières très discrètes traversent obliquement les feuillées et viennent se poser sur le dos de quelques-uns des animaux,

Impression d'un lieu profond, très frais, par une grande chaleur des derniers jours d'été. Exécution large, bien que les effets soient très cherchés. Harmonies très puissantes obtenues par le calme.

(1836-1837). Catalogué dans Adolphe Braun.

Conservé par Rousseau jusqu'en 1867.

Collection de M. Probasco.

Collection de M. Laurent Richard (1873).

Toile. Haut., 65 cent.; larg., 1 m. 03.

ROUSSEAU

(THÉODORE)

54 — *L'Automne au Jean-de-Paris. (Forêt de Fontainebleau.)*

Sur un tertre couvert de bruyères rousses, de petites roches moussues, et que surmontent des arbres dont les silhouettes, en partie nues, sont très tourmentées, un jeune homme coiffé d'un chapeau de paille est assis.

Les branchages rouillés s'enchevêtrent sur un ciel nuageux, pommelé d'éclaircies très lumineuses, et le découpent avec une précision infinie. Quelques verts furtifs dans les dessous profonds des arbres et sur les terrains traversent ce paysage absolument jaune.

Impression d'automne avancée, au temps des dernières chaleurs. Tonalité générale très chaude. Exécution grasse et fougueuse.

(1846). Catalogué dans A. Braun.

Collection Crabe (Belgique).

Collection Didier.

Collection Laurent Richard (1873).

Toile. Haut., 66 cent.; larg., 55 cent.

ROYBET

55 — *Tête de négresse.*

Toile. Haut., 45 cent.; larg., 39 cent.

SCHEFFER

(ARY)

56 — *Mater Dolorosa.*

La tête, d'une grande suavité.

Toile. Haut., 47 cent.; larg., 37 cent.

TROYON

57 — *Les Saules.*

Etude provenant de la vente posthume de l'artiste.

Bois. Haut., 25 cent.; larg., 37 cent.

www.ingramcontent.com/pod-product-compliance
Ingram Content Group UK Ltd.
Pitfield, Milton Keynes, MK11 3LW, UK
UKHW021943260726
13994UKWH00004B/1513

9 782329 477602